www.ingramcontent.com/pod-product-compliance
Lightning Source LLC
La Vergne TN
LVHW051818090726
842862LV00026B/505

نفاد صبر

دار حروف منثورة للنشر والتوزيع

الطبعة الأولى

الكتاب: نفاد صبر

المؤلف: شيرين حسين

تصنيف الكتاب: رواية

تصميم الغلاف: فريق الدار

تنسيق داخلي: فريق الدار

مراجعة لغوية: ياسر فتحي السيد

رقم الإيداع: ٢٠١٩/٢٢٤٧٥م

الترقيم الدولي: 978-2-2907-1782-0

مؤسس الدار

مروان محمد

Website: https://horofbooks.com

Fan page: http://facebook.com/herufmansoura

Email: info@horofbooks.com

هاتف جوال: ٠٠٢٠١١١٣٠٠٦٢٩٦ — هاتف جوال: ٠٠٢٠١٠٦٤٠٥٤٩٩٥

دار حروف منثورة للنشر والتوزيع لا تتحمل أي مسئولية اتجاه المحتوى الذي يتحمل مسئوليته الكاتب وحده فقط وله حق استغلاله كيفما يشاء سواء بالنشر مع الغير أو بأي وسيلة أخرى.

رواية

نفاد صبر

شيرين حسين

إهداء إلى ابني الغالي وزوجي الحبيب

صباح الحادي عشر من يناير

نادية رأفت

أحيانًا تفقد الكلمات الصواب وتَضِل عن معانيها، هذه هي المفردات التي تحتل الجزء الأكبر مِن وجداني بعدما اختتمت الآن أخر رسائلي بعبارةٍ عتابٍ لا جدوى منها وأرسلتها كعادتي لصباح ثماني أشهر على التوالي. فسَليلتي الوحيدة قررت هجري والعيش بمفردها، قد تكون مضادات الكآبة التي اعتدت تناولها منذ ثمانية عشر شهرًا أقصَتني عن صوابي وبدَوتُ كمُتَرَنّحة واعتادَ صوتي على الصياح ورغم ذلك ورغم أنفها أنا والدتها ولا يجوز لها هجري هكذا.

ربما المقولة التي وقعت عيني عليها في إحدى قراءاتي (أن حياتنا ما هي إلا سلسلةٌ مِن مخاوفنا) هي الجملة الوحيدة التي تمثل الصواب في حياتي، الأنكى مِن تجاهلها خطاباتي عدم قلقها على حالتي الصحية، لاريبَ في ذلك فقد تعودت على جفائها فهي مثل

والدها عندما كنت ألوذ إليه باكيةً أو خائفة أعود أدراجي بخيبة أملٍ لا مثيل لها رغم أني سميتها أمل ولكن لاوجود للسلوى إلا في اسمها.

لن أرسل هذه الرسالة ولن أتوسَّل لأحدٍ رغم روتينية ذلك السلوك بالنسبة لي فقد أصبح منهجًا في حياتي أن يدفعني إنسيٌّ لرجائه، سأطوي تلك الصفحة، مزَّقتُ الرسالة وذهبت أجُرُّ أدراجي نحو المطبخ إنه على يمين الصالة بعد الكرسي المتأرجح المُفضَّل لصالح زوجي السابق، نظرت بدهشةٍ إلى آلة القهوة التي تغير مكانها، هل أغفو عن وعيٍ وأحرك الثوابت في بيتي مِن مكانها؟

لابد أن أُقلع عن تلك الأدوية إنها حقًا سحقتْني قمت بإعداد قهوتي المُرَّة وفي صحن الفنجان البلوري نظرت إلى عيني والهالات السوداء تغطيها، وبؤبؤ عيني جاحظٌ يَوَدُّ الفرار مِن بين جفوني وكأني لست تلك المرأة التي سَتُكمِلُ الثمانيَ والثلاثون مِن عمرها.

احتسيتُ قهوتي بِشَرفَةٍ واحدةٍ وعُدت إلى أول يوم تناولت فيه القهوة مِن اثني عشر عامًا بعد أول يوم قابلت فيه يونس خارج نطاق العمل في مقهى لاتينا بحي السادس في خلسةٍ مِن زوجي وطفلتي، لازال الأمر سِرًا حتى الآن، اتخذت قرارًا لن أتراجع عنه

هذه المرة سأسحب جزءًا كبيرًا من رصيدي المصرفي وأشتري البيت ذو الطابقين فلطالما حلمت بالسكن فيه مع يونس وخاصة أن أمامه جدولُ ماءٍ به صندلٌ خشبيٌ له متعة في ركن ذكرياتي والقرار الأرجح هو اللجوء لمصحةٍ نفسية تملكها آنا تورت صديقة والدتي اليونانية الهرمة التي تعتبر نفسها ليست من غرباء المدينة.

عندما عشقها العم جورج ورافقها لمدة تطول عن ثمانٍ وعشرين عامًا توفي تاركًا لها هذه المصحة دون باقي ممتلكاته، أخذتُ هاتفي المحمول وأجريت مكالمةً لها، جرس الهاتف يرن ولا أحد يجيب وقبل نفاذ صبري صوت الهرمة يثقب أذني برعشته المعتادة:

- نادية أفتقدكِ صغيرتي.

- خالتي آنا إني بأوجِ حاجتي إليكِ

- ما خطبكِ يا صغيرتي؟

- الأمر أكبر مِن أن تلخصه مكالمة هاتفية، سأمرُّ على المصرف ثم المحامي وبعدها سيكون طريقي لكِ هو الأنسب لي.

أغلقت الهاتف وذهبت مُسرعةً نحو غرفتي وأنا أمنع نفسي مِن الاصطدام بالحائط الرخامي الفاصل بين المطبخ و مكتبة صالح كل شيء هنا يذكرني بالماضي لابد أن لا أنظر ورائي فهذا ما أوصلني إلى حالتي المُزرية التي أنا عليها الآن تخطيت الحائط ودخلت الغرفة وبخطوات غير ثابتة فتحت الخزانة أمسكت سروالي الجينز المُمزق مِن الركبة وكنزةٍ رمادية تعبر عن حالتي وكاب أُخفي أسفله شعري غير المرتب.

ارتديت حذائي الذي يبرز إصبعي الكبير من نافذته هرولت وأنا أتناول مفتاح سيارتي والحقيبة من على طاولة السفرة أغلقت الباب ونزلت في المصعد أغطي عيني بنظارتي الشمسية التي أُخفي خلفها بَلْبَلَتي، ومِن المصرف إلى المحامي ومِن ثم تفويض بشراء المنزل خاصتي ثم توجهتُ يسارًا من آخر كوبري المدينة الجديد لعدم تكدس المرور عليه واستهجنت طريقي وأنا أسمع موسيقى الأيام تتوالى لموسيقيٍ مغمور اكتشفها أبي في محل يبيع موسيقى الهواة.

انتبهت لسيارتي وأنا أمام المصحة النفسية لآنا تورت وقفت أمام بابها مترددةً هل أقرع هذا الباب لأجد خلاصي أو أعود وأرسل

الرسالة لابنتي ولكن ما هذا الهُراء فأيًا كان ما سأخذو في طريقي المستقبلي فستكون البداية خلف هذا الباب، قرعت الباب ودخلت الغرفة آنا على رأس مكتبها تتوسط الحجرة اكفهرَّ وجهها لرؤيتي على تلك الحالة وبنظرتها المتعجرفة المعتادة نظرت إليَّ قائلةً وهي تنفثُ دخان تبغها:

- ‏ ماذا دهاكِ يا امرأة؟

نظرتُ إليها وشعاعُ أملٍ ينبلج مِن عيني خالتي آنا:

- ‏ لابد أن أتخلص من هذه الأدوية فقد أِلفْتُ عليها ومررت من جيبي شريطًا لدوائي اليومي.

نظرَتْ متفحصةً لغة جسدي، نبرة صوتي عدم جلوسي رغم أن الكرسي أمامي قائلة:

- ‏ استريحي صغيرتي.. بنبرة حانية لَمْ أعتَدْ عليها منها ثم تابَعَت: لماذا هذه الأدوية ولِمَ الإحباط الظاهرُ عليكِ؟

بِتَهتهةٍ بسيطة انسدلت الكلمات مني:

- ‏ خالتي آنا هو ليس ذهان ولا فصام ولا اغتراب مجتمعي هو مصغر لحالة تشملهم جميعًا بدأت مع رؤية الدم ثم

انتفاضة في أوتار الدماغ وخاصة الجبهة و عروق الجزء الأيسر منها وتنتهي كما بدأت ومتلازمها الأساسي هو المبالغة في المشاعر السعادة الضحك الشجون الكآبة ويلازم المتناقضين احتياجي إلى العاطفة.

أوقَفَتْني قائلةً:

– ما دوافعه؟

أجبتها:

– إن السبب المحوريَّ له ليس العُنف الأسري فقط وغياب الحنان والوحدة ولكن السبب المحوري هو الانتقاد الدائم و فقدان الثقة التام بالآخرين والرغبة الأساسية البشرية المُلِحَّة في التحدث إلى أحد وأخذ العاطفة ما شئت وكيفما أشاء فالعنف المستمر تجاهي جعلني أرفض المحيطين بي كما أفقدوني ذاتي ببوتَقةِ تيهٍ فرضوها عليَّ إلى أن رأيت يونس...

كنت حاملاً في الشهر الثامن وسافرت الدكتورة التي تتابع حملي إلى مؤتمر طبي وحلَّ مكانها في المركز الطبي الطبيب يونس شاب يكبرني بخمسة أعوام، نحن نتشارك

في نفس البرج ونفس الصفات فهو يميل إلى العزلة يعشق السفر والبحر يميل إلى البيوت ذات الطابقين يعشق الموسيقى الوترية حتى ولو لفنانٍ مغمور و الأنكى مِن ذلك عشق الخيل والسفن قرأت ذلك عنه في مدونته على الفيس بوك فأنا أصبحت مِن متابعيه لَمْ يجذبني لطوله الذي يضاهي المائة وتسعون مترًا ولا لبشرته الخمرية وشعره الأسود المُنسدل لنهاية أذنه والمتطاير على جبينه ولكن جملة قرأتها كان يحبرها بقلمه عند دخولي غرفة الكشف (التجربة ليس ما يحدث للإنسان، بل ما يفعله الإنسان حيال ما يحدث له خاتمًا جملته مأثورة ألدوس هكسلي)...

أوقفتني جملته ونظرت إلي ما أوصلت حالي إليه لماذا أكمل حياتي في غيبوبة كي أعيش تجربة تخربني، وزاد انبهاري به من الجملة التي تليها والتي يؤمن بها (ليس الحب هو ما يُكَدِّرُ الحياة وإنما عدم الثقة بالحب فرانسوا تروفو) أوقفتني قناعاته ليكون يونس هو المحور الأساسي لتفكيري ولكن هذه التجربة التي سأخوضها

قاسية لأنه حيٌّ يُرزَق شخص بإمكاني لقائه فهل يسمى ذلك خيانة...

كانت حياتي عبارة عن متابعة له في جميع برامج التواصل الاجتماعي اندمجت داخل حياته اختلس كل ما أملك من فراغ لأقضيه معه انجذبتُ إليه،حياته ..شخصيته ..تفاصيله حتى شعرت بالخيانة تجاه صالح قسوة الأخير كانت بالغة ..عنفٌ لغوي وجسدي حتى أَلِفْتُ على إحساسي بالوحدة كُرهي لذاتي وضعفي أقوى من عزلتي وخلوتي بنفسي وعشقي السري ليونس وهذه كانت بداية لزوال ضلالاتي ومع الإفاقة من غفوتي لازمتني الكآبة... دموعٌ محبوسة في حدقي اشتياقٌ شديد لشخص لا تربطني به إلا متابعة حياته من الخارج، اشتهاء للحياة التي فاتتني انقباض صدري والتوهة التي عايشتها لثمانية عشر عامًا لا تنتهي ولكن عندما هجرَتْني أمل كان لا مفر مِن مضاعفة جرعات مضادات الكآبة التي سحقت هامتي، لازمت الصمت آخذةً نفسًا عميقًا مُغمضة عيني أمحو مِن مخيلتي ما كان يفعله بي صالح.

قاطعت آنا صمتي بضمة مِن خلفي كنت بأوج الحاجة إليها وأمطرت الدموع من عيني دون توقف ووجهت لي كلماتها بعدما ضمَّت رأسي بين راحتي يديها:

- أُحَيِّيكِ نادية على شفائكِ من دوامة الضلالات التي كنتِ تحيينها أما بالنسبة ليونس و صالح فلابد أن أعرف رواية كليهما منفصلة لأستطيع مساعدتك أما الأدوية فستُقلعين عنها إلى حين سأمنحكِ ما يساعدك على ذلك.

أنهيت لقائي معها لأول مرة مجبورة المشاعر وألقيت ما ورائي في ذاكرة محطمةٍ أرمم أطلالها ولكن حبي ليونس ذاكرة في قلبي تكبر كل برهة تمحو ذكرياتي السيئة وتَحِنُّ على روحي المسلوبة وتضخم ما بداخلي مِن طيب وأنا بفضل حبه أتمكن مِن تحمل الماضي، أمضيت ليلتي أتجول بين الأشجار أعانقها وتعانقني أقترب منها وتبتعد وأقترب حتى انتهى الطريق بي أمام فندق.

أول أمسية شتوية

مساء الخامس والعشرين من نوفمبر ٢٠٠٠

أنا نادية أعود إلى البيت بعد الانتهاء مِن الامتحان وبعد وداع رفيقاتي تمهلت أوخر قدمًا وأمهل أخرى وأتمنى أن ينسدل المطر وأحويه بذراعي حتى وجدت رصيفًا تخيلته حبلاً وأخذت أبدل ساقي عليه وكأني بسيرك كبير حتى رطمني شاب بدراجته سقطنا سويًا على الأرض وكانت ضمة القدر، كسر المشهد أصدقاؤه مِن الخلف صالح هيا تأخرنا على السباق اعتذر مني وغادر مهرولاً ولَمْ تخذلني الطبيعة و غطاني المطر بعدها أمضيت أمسي أفكر في صالح ولكن كيف أراه مجددًا وأنا لا أعلم عنه سوى اسمه.

تركت ذلك للقدر فكل شيء في حياتنا يسير بقدر وقضيت ليلي بجانب الشرفة أراقب الأمطار وأرسم بنداها حروف اسمه على الزجاج حتى غفوت مكاني أتى الصباح أملاً مشمسًا رغم قساوة الطبيعة أمس أيقظني نور الصباح المنبعج من الخارج فتحت

الشباك مطلة أستنشق أول أنفاس الصباح ثم ذهبت لأخذ ضمة مِن أمي فقد أصبحت كل شيء لديها بعد هجرة أبي لنا، ولا تواصل معه إلا في رسائله التي تمطر عيني أمي لقراءتها.

سرت على أطراف أصابعي حتى وصلت غرفتها قدمت نحوها وعانقتها مِن الخلف وأنا أشتم رائحة الياسمين بها، ليس عطر الياسمين وحده ما يميز أمي ولكن دفء عينها التي كلما نظرت إليها تشملك بين جفونها ونبرة صوتها القراحة الحانية، غفوت وأنا أضمها كطفلتي، بعد ساعة أفَقْنا استعدَّت أمي للذهاب للتسوق ارتدت معطفًا على سروالٍ واسع وغطاء رأسها بعد أن أشعلت المذياع على إذاعة القرآن الكريم.

السماء توزع أمطارها وصوت المطر يؤنسني وأنا أتخيل الشاب خاصتي صالح، أنجز الشاي بنكهة القرنفل مع بعض الفطائر لوجبة الصباح، عادت أمي تحمل حقائب بلاستيكية مليئة بالخضار والفاكهة قابلتها بابتسامة فهي إن غابت عني دقائق افتقدها قمنا بتناول الفطور وصمت أمي يملأ الأجواء ،قضينا نهارنا هي بين المطبخ وحجرتها تسترق النظر إلى خطابات أبي وأنا أقرأ رواية لفيودور دوستويفسكي وبعدها حلَّ المساء ضجعت على سريري

بمفردي أتابع قطرات المطر وهي تعزف معزوفتها الراقية ليمضي الشتاء ولا يطرأ علينا مُستَجد وحلَّ الصيف والروتين لا يفارق أيامنا وأتى الخريف بآخر عامٍ لي في الثانوية.

أن تضع وقفة لحياتك هو المكسب الحقيقي لنفسك

كسب الذات والتخلي عما يحزنك هي بدايةٌ لنفَسٍ جديد يكسبه الصدر دون أنين أمي قررت أمي الانفصال عن أبي حل مساء الثامن عشر من فبراير ٢٠٠١، يهطل المطر بالخارج متزامنًا مع نحيب أمي ولأول مرة تستدعيني وهي في تلك الحالة ذهبت إليها ضمتني إلى صدرها بشدة قائلة:

- طفلتي لو كان بمقدوري تحمل ذلك الوضع أكثر لتحملت لأجلك ولكن أين أنا؟ غارقةٌ في أنقاض الماضي لا بد أن أنفصل عن والدكِ.

لَمْ أمانعها فكل ما لدي مِن شفقة كان عائدًا إليها، بقيت على صدرها حتى الصباح ومع أول خيوط النور أيقظتني أمي وجدتها أنيقةً ماحيةً أثر الإحباط من عينيها قائلة:

- هيا نادية استعدي سنقضي نهارنا بالخارج.

تأنقت مثلها، أخذت أمي مفتاح سيارتها وتولت القيادة والمطر ينهال والسيارة تجول أسفله أسمع دقات قلب أمي والدعاء بداخلي مناجاةً لا تنقطع ، حتى توقفنا عند مطعم للبيتزا، أخذت طاولة بجانب الحائط الزجاجي اخترت بيتزا المارجريتا وانتَقَت أمي واحدة بالأنشوجا مع المخلل والكاتشب وعصير البرتقال الطازج، جلبت أمي بطاقة مِن حقيبتها حاملة رقم هاتف استأذنت النادل لإجراء مكالمة وبعدها توجهنا إلى مكتب المحامي الذي كان في قصره الكائن بجوار الحديقة الخاصة لحَيِّنا.

قام حارس القصر بفتح بوابته وكأنه على عِلمٍ بقدومنا، دخلنا بالسيارة وتوسطنا أشجار اليقطين حتى صففنا أمام لوحٍ حجري منقوش باللاتينية ولكني تمكنت من ترجمته (لا تَدَع في قلبك شيئًا فلا مكان للعواطف فهي دائمًا ما تقيدك) دقت أمي الباب فتحت الخادمة ودخلنا وإذا بصالح في غرفة صغيرة على اليمين يشعل النار ويلحم الزجاج، تأجج صدري بموقده، صوتٌ رخيم يعيدني إلى يقظتي مرحبًا:

- هالة

- مرحبًا رمزي.

يبدو أنهما على معرفة بعضهما البعض، دخلت أمي مكتبه وبقيت أنا بجانب السلم مستلقيةً على كرسي أمام الحائط الزجاجي الذي يظهر الحديقة الخلفية، ما حبهم في اليقطين ليملأ حديقتهم، نفس الصوت يقاطع أفكاري ولكنه صوتٌ صَبيٌّ صغيرٌ نوعًا ما .. إنه صالح .. رأيت البلبلة على وجهه ولا يعلم كيف يبدأ حديثه فبدأت معه.

تبادلنا الحديث وثمة عجرفة طاغية منه أضْفَت وقارًا على شخصيته أو أبدته أكبر سنًا ولكني بحاجة إليه أنهت أمي عملها وأمضينا الشتاء في إنهاء قضيتها وأنا يشاركني عطلاتي صالح، لا سيما بعض الأمسيات، نقضي دقائق منها على الهاتف، أتى الصيف ببشرى لأمي فقد أنهت علاقتها بأبي واستقر داخلها، حتى بعد فترة لَمْ أجِد الحزن في عينيها ووهبت نفسها لي وللجمعيات الخيرية لاسيما ترجمة بعض الكتب والمقالات الإيطالية فهي اللغة التي درستها وتجيدها، طوت صفحة الماضي من حياتها.

مـــا يسـجله المرء من مأثوراتِ أفكارٍ يحيا بها

حفلات الكريسماس تؤجج الشوارع وأشجار عيد الميلاد والزينة إنه الحادي والثلاثون مِن ديسمبر عام ٢٠٠٤ لقد مضى ثلاثة أعوام وصالح رفيقي الوحيد يشاطرني حياتي ويتولى مسئوليتي وكأنه ولي أمري أحببت منه ذلك ليعوضني عن حرماني من والدي، وأمي كانت ممتنةً له دائمًا ما تقول إن فارقت الحياة ستكون مطمئنة وصالح إلى جانبي.

واعدني صالح في هذا اليوم ارتديت أفضل ما عندي وتأنقت كثيرًا أخذنا دربنا إلى فندق هوليداي مارينا، احتفالاته كانت ممتعة استعراضات مبهجة وأكثر ما أمتعني معزوفات إيلي ماريو التي لايزال أبي يرسلها إليَّ، اختتمت السهرة فرحة عارمة طلب مني الزواج ولَمْ أُجِب عليه ولكني قمت من مجلسي وعانقته أمام الجميع، أمضينا الليل نتسكع بالشوارع يشملني تحت معطفه على

أقل جملة منه أضحك كنت أصدر قهقهة نابعة من قلبي تفاهمنا على أن أُنهي عامي الدراسي ونتزوج الصيف المُقبل وأنهي آخر عامٍ لي بكلية الترجمة واللغات منتسبة في منزله رحبت أمي بما اتفقنا عليه.

أصبح صالح جزءًا كبيرًا من حياتي وزادت صلاحياته لَمْ أنتبه لعيوب ذلك إلا بعد زواجنا فعجرفته لَمْ تكن وقارًا ولكنها قسوة، تدخله في حياتي لَمْ يكن اكتراثًا بي ولكن تحكمًا، فضوله الزائد حيالَ كل شيء حتى مكالماتي مع رفيقاتي، كل تصرفاته تجاهي كانت تذكرني بجملتهم اللاتينية فهو حقًا كان لا يدع مشاعر في قلبه ولا يمتلكها.

تزوجنا في بيت أبيه الأشبه بمدفنٍ فرعوني مبالغ في تزيينه للفرعون وحاشيته، أبيه المحامي الأغلى سعرًا في الجمهورية والذي لا يخسر قضيةً قط وأصدقاؤه ثلاثة من الأطباء، الذين كانوا تقريبا يقطنون القصر معنا ولا أعلم ما علاقة شغل المحاماة بالطب، فمنذ الصباح الباكر معنا على طاولة الفطور ومِن ثَمَّ جميعهم إلى العمل وكان العم رمزي يعود مبكرًا عن البقية.

استيقظت بالفندق بعد نومٍ غير منتظم من الكوابيس المفزعة، إن دواء آنا لَم يمنحني إلا النوم المتقطع حتى الحادية عشر ظهرًا، قمت بعده مسرعة ارتديت ثيابي وذهبت إلى المحامي وجدته قام بعمله على أكمل وجه، فقد اشترى المنزل خاصتي أول شيء ورَدَ على ذهني هو إعادة تجهيزه من جديد بنمط بعيد عن الكلاسيكية والطراز الأمريكي أيضا فالأول كي أقصيه عن نمط قصر صالح المُظلم في مشاعره والمفتقر للروح والأخير لأني لا أفضله فاخترت النمط الذي يهواه كلانا فكان يونس يعشق الطراز الفرنسي في الأثاث والديكور.

انشغلت لأسبوعٍ كامل في اختيار الأساس وطلاء البيت فقمت بطلائه بنفسي وكان ذلك مميزًا أعددت به مدفأة فحم ووضعت حوض سمك وبيتًا للعصافير وزينت الحديقة بزهر الياسمين وبعضًا مِن شجر الليمون وكان أيضا لسمك الزينة مكانٌ ببحيرة الحديقة أمضيت اليوم الثامن أتجول به وأنوِ بذاكرتي عن كل ما هو قاسي قضيت الليل على الأرجوحة.

ثمة لسعة برد جعلتني أكمله على الأريكة بجانب الحائط الزجاجي المطل على بحيرة سمك الزينة أقرأ أشعار آرثر رامبو حتى غفوت استيقظت بعد الظهيرة ورائحة شجر الليمون تنشر السلام حولي أعددت قهوتي واحتسيتها بالحديقة مع بعض المعجنات بعدها ارتديت ملابسي واتجهت إلى الصندل لأذهب إلى السوق بالجوار وأجلب ما ينقصني وكانت هي اللحظة، حيث الغروب كسا المكان ليجلب لي ذكرياتي مع يونس ورائحة الياسمين ما تبقى لي من أمي.

توقف الصندل وذهبت السوق، تبضعت كثيرًا متجاهلة سكني بمفردي عُدت بعد ذلك لأتهيأ للقاء آنا في الصباح قضيت باقي يومي بالمطبخ أعد البطاطا والمقرمشات وطبقًا كبيرًا من السلطة وأنا أسمع معزوفة لأندري ريو مِن ثم طبق الفشار و استلقيت أمام التلفاز لمشاهدة الفيلم الأجنبي، حتى غلبني النوم وأفقت في الصباح مبتهجة بعض الشيء فقد أجِد الراحة مع آنا أخذت حمامًا وشربت القهوة ومضيت في طريقي إليها كل شيء بالمدينة كالمعتاد الزحمة ورائحة الخبز المقاهي والوزارات الكل منشغل.

مضت ثلاث ساعات حتى طرقت باب غرفتها نفس المشهد آنا تعتلي كرسي مكتبها رحبت بي وهي تتفحصني قائلةً:

- أراكِ أفضل من السابق وهذا سيساعدني كثيرًا، استرخي صغيرتي.

كنت بحاجة إلى الاسترخاء أغمضت عيني وبدا لي كأني في ذاك المكان فيلا رمزي مع صالح، علي أيَّةِ صغيرةٍ صراخ وتعنيف تدخُّلُ والده في كل شيء، بعد زواجي وإنهاء دراستي لَمْ يسمح لي بالعمل بل والخروج أيضًا عدم التحدث إلى رفيقاتي أو أحدٍ من عائلتي وإن أحَدٌ ما حادَثني يكون فوق رأسي لأكتشف بعد ذلك تسجيله للمكالمات فارقتني أمي سريعًا، عام و ثمانية أشهر وتخلت عني تركتني وكانت أمل لاتزال جنينًا في رَحِمي على وشك الخروج للحياة كنت أيضًا في تلك الفترة أقضي وقتي معي يونس من خلال متابعته على الإنترنت.

بعد ثلاثة أشهر من الولادة

ربـــــيــــع ٢٠٠٦

كنت أتجول بين اليقطين وأمامي أمل في عربتها الصغيرة حتى اكتشفت بابًا مغطىً بأوراق الصبار موزعٌ على حائط كلوحة قاسية بين تفاصيلها أوراقٌ حمراء ذابلة لشجرةٍ لَمْ أعرفها جذبت انتباهي أيضا الأسلاك العالقة بها فضولي نحوها جعلني أعبث بها بغصنٍ خشبي، أصابني الذُعر فقد فتحت بابًا خلفها ما خلفه مُعتمٌ و مخيف عُدتُ بأمل إلى القصر بعد محاولتي جاهدة أن أعيد كل شيء على وضعه إن الفضول ما جعلني أنتظر فرصة أخرى والمكان خالٍ.

تركت أمل مع مربيتها وذهبت بمفردي مرة أخرى نظرت خلف الحائط مشعلة الكشاف الضوئي وجدت سلمًا وعلى يساره زرٌّ ضغطتُ عليه ليشعل على جانبي السلم قناديل، نزلت الدرج وجدت ساحة وكأن المكان مستشفى قديم يوجد مكان للاستقبال ولكنه قديم

يعبر عن عهد سابق وغرف تفحصتها جميعها إلا ثماني غرف مغلقة.

الغرف التي تفحصتها أحدها للأطباء وأخرى ممرضات وأخرى للضماد وهكذا حتى الغرف المغلقة التي ظلت علامة استفهام بذهني لا أجيد تفسيرها كالسابق تركت كل شيء ورائي نظيفًا، عُدْتُ إلى البيت وألفُ سؤال يقرع برأسي وكأنها طبول حرب وشُئنَّت، قاطعت آنا حدَيثي متسائلةً:

- ماذا عن العلاقة بينكم؟

علاقة جافة بعيدة كل البعد عن مفهوم العائلة هو وأبوه طوال النهار بمكتب المحاماة والقضايا والمحاكم وبعد العودة في غرفة مغلقة مع أبيه والأطباء الغريبين ولا أراه إلا عند النوم قد يحادثني على الهاتف وكثيرًا ما تتحول المكالمة إلى شجار فكان أغلبية حديثي عن الملل والضجر وأني أرغب في العمل أو زيارة أقربائي، أصدقائي، التفاعل الاجتماعي ولكن لا جدوى مِن ذلك، قليلا في المناسبات أذهب بصحبته إلى العشاء وقضاء سهرةٍ لا تخلو من الشجار.

يوم عطلةٍ نمضيه مع الصحبة السابقة أضافت آنا وماذا عن يونس؟ (بات شيء لدي ناقص وهوَّةً كبيرة تتسع وفراغٌ عاطفي لَمْ يعد يملؤه متابعتي له قررت الانفصال عن صالح هذا الشيء المستحيل حدوثة فبحكم معاشرتي لهم ملامسة السماء أسهل بكثير من الخوض في تجربة الحوار عن الانفصال) فبات همي الوحيد هو البحث في ثنايا القصر الفخم على أمل أن أجد شيئًا يساعدني.

لكي تعرف شخصًا جيدًا
ابـــحــث فــي ماضيه

الماضي بالنسبة للإنسان هو أصوله وجذوره فإذا أردت أن تعرف كيف نمَت الشجرة وترسخت ابحث في جذرها ، ثمة شيءٍ في جدران هذا القصر في أماكن معينة تتسم بالغرابة فتجد كتابات لاتينية تشير إلى شيء ما في بادئ الأمر ظننت أنها حكم يؤمنون بها أو أقوال مأثورة ولكن بطبيعة العيش معهم فطنت أن لابد من دونها شخص منهم لأنها قواعد يطبقونها فكان عليَّ تحليل تلك الرموز لأجد شيئًا يساعدني في الوقوف أمامهم وكان عليَّ أن أختار وقت انشغالهم لأجد نقطة البداية وهي غرفة عمي رمزي.

اعتاد عمي رمزي أن يشرب قهوته الصباحية من يدي أجده يجلس على كرسي مكتبه ينتظرها وهو يطلع على الأخبار اليومية من التلفاز والجرائد بعدها يستنشق الهواء في باحة الحديقة لاسيما بعض التمارين الرياضية فقد كان يمتاز بقوام رياضي وظهرٍ غير

محني و تجاعيد الكبر لا تحتل وجهه كان دائما يقول أن قوتك تأتي من عدم مرضك وألا تكون واهنًا أمام أحد فبداية ضعفك هي بداية سقوطك.

بعد ممارسة الرياضة يأتي رفقاؤه الأطباء ونلتف حول مائدة الطعام وبعد تناول الفطور تأتي المربية بأمل ليراها جدها بعدها يذهبون، تلك كانت فرصتي خاصة أن رمزي كان يشدد على الخدم عدم دخول الجانب الأيسر من الطابق الثالث الذي تقع فيه غرفته، سنحت لي الفرصة ذاك الصباح أن أتسلل إلى غرفته تفحصتها وجدت رخامة مبروزة على الحائط أمام سريره منقوشٌ عليها رموزٌ باللاتينية أخذت أتفحصها وأتمعنها بشدة، إنها ترمز إلى شخصٍ ميت وهو على قيد الحياة.

كان رمزي يلوم نفسه على فِعلةٍ ما وأنه قام بنقش هذه الرموز ليُعَزي حاله بها فهي تشير إلى عبارةِ مواساة تقول (أحيانًا الموت للأحياء ضمانٌ لبقاء الآخرين) فأيقنت أن هناك شخصًا حيًا وهم يُجمِعون على موته مَن هذا الشخص يا ترى؟ ولماذا هو ضمانٌ لحياة الآخرين؟، ثمة علاقة تجمع بين هذا الشخص وعمي رمزي طالما أنه لا ينساه تفقدت أشياء أخرى بالغرفة حتى وجدت في

المرآة ثقبًا اقتربت منه لأجد خيطًا من الكروشيه سهل سحبه دون أن يقطع..

إن خلف المرآة خزانة صغيرة بها ألبوم صور فتحت الألبوم ونظرت بالصور هناك امرأة حسناء بصحبة عمي رمزي في تلك الصور، عندما رأيت صورةً لصالح أراني إياها ذات مرة وهي تحمله أدركت بديهيًا أنها أمه وخاصة من كلمات الاعتذار المدونة في نهاية الألبوم.

كل شيء مدون باللاتيني كي لا يفهمه أي شخص ولكني أعشق اللاتينية والآثار والحضارة ولا يعلم صالح ووالده درايتي بها خمنت بعد ذلك أن الشخص الحي قد يكون والدة صالح أو أي شخص آخر ولكن على الأرجح هي والدته!

لابد أن أتأكد من ذلك وإن كانت على قيد الحياة فلماذا يقصون حياتها عن الجميع وبأي مكان يمكن أن تكون؟ علامات استفهام كثيرة لا إجابة لها والأرجح هو ذهابي إلى ابنتي وبعدها يجب أن أبحث عن شخصٍ آخر يساعدني ولكن إذا تفوهت بهذا الهراء أمام أحد سيصفني بالجنون لابد من وجود برهان قوي لمَ أقول، عند

لقائي مع صالح بعد ذلك لاحظ شرودي ونظري إليه بدهشة وبدأ يلاحظ التساؤلات بعيني أول مرة على غير عادته يسألني:

- ماذا تودي أن تقولي تفوهي وأخبريني

أجبته:

- ألا تشتاق لوالدتك؟

- بالطبع أشتاق إليها

- لماذا إذن لا تزور قبرها فأنت مِن حينٍ لآخر تأتي معي لزيارة قبر أمي

- إني أدعوا لها كثيرًا بالرحمة يا نادية وصعبٌ عليَّ زيارة قبرها إن أمي توفيت ودُفِنَت في ألمانيا ومن ثم يصعب عليَّ فعل ذلك

- أول مرة تخبرني بذلك هل من الممكن أن تحدثني عنها أكثر؟

- لا أحبِّذ ذلك ولماذا هذه التساؤلات عن أمي بعد عامين مِن زواجنا ونحن نعرف بعضنا البعض من قبلُ أيضا

قد يكون اشتياقي إلى أمي هو ما دفعني لذلك أنهيت كلامي معه حتى لا ينتهي بشجار كالعادة كنت أقتصر في الحديث معه أيضًا

حتى لا يمارس العنف عليَّ ولكني طلبت منه أن أبحث عن عمل أقوم به من داخل المنزل لأقتل فراغي، هذه المرة وافق، سعدت لذلك وأمضيت ليلي أرتب أفكاري وفي الصباح فتحت النافذة استنشق الهواء فكانت موافقة صالح بداية أمل تسلل إلى صدري أنارَهُ وأمدَّني بالبهجة.

أيقظت أمل وأخذت منها شحنة حنان أمدتني بالطاقة للعمل ثم أعطيتها إلى مربيتها و ذهبت أُعِدُّ قهوة رمزي ثم تناولت الفطور ومن بعدها على حاسوبي راسلت الشركات التي كانت أمي تترجم لها الرسائل الإيطالية ونلت منهم الترحيب والأغرب أني وجدت على تويتر الخاص بيونس أنه يبحث عن مترجم لبعض أبحاثه من الفرنسية والإيطالية واللاتينية إلى العربية أو الإنجليزية واندهشت لإجادتي لهم على حدٍ سواء.

سعدت سعادةَ من لمس السماء وراسلته على الرسائل الخاصة وكان شرطي أن يكون التعامل من خلال البريد الإلكتروني لأني أرغب في العمل بالمنزل حاز طلبي على موافقته وتهيأنا لذلك أرسل لي تفاصيل عن الأبحاث وأنه يرغب في تطوير الجراحات

القيصرية ويجري أبحاثًا عن المشيمة وأطفال الحقن المجهري مع أطباء في البحث العلمي من فرنسا وإيطاليا.

قرأت نبذة عن البحث وأعجبني اطلاعه الدائم في علم الأجنة والوراثة وكيفية اصطفاء الجينات السليمة الموروثة من الأبوين وتجنب ما يعرض الجنين إلى تشوه معلومات كثيرة تذهل العقل فالعلم بحر فياض يجذب العقل إذا ارتمى به.

أمضيت باقي يومي بصحبة أمل وفي المساء قبل عودتهم بثلاث ساعات ذهبت إلى حجرة رمزي مرة أخرى هذه المرة نحيت الارتباك جانبًا وبدأت أبحث بتمهل وتمعن، لَمْ أجد شيئًا يفديني على الإطلاق عُدت بقلق بالغ وتساؤلات وريبة ولكني عزمت على أن أجد شيئًا في الغد يكون له إجابة تريحني بعض الشيء ولكن ليتني لَم أجد قاطعتني آنا:

–   ماذا وجدتِ نادية وكيف؟

في اليوم التالي كانت عطلة صالح والجميع رافقتهم في رحلة صيد كانت مسلية بعض الشيء فأبعدتني قليلاً عن الضجر والقلق، كان السكون مخيمًا على المكان الذي يشبه أجواء رعاة البقر بيت خشبي يمينه مزرعة مواشي يليها اسطبل خيل وأمامه باحة

شاسعة من المساحات الخضراء بعدها بثلاثة أميال بحيرة للصيد كنت أجهل المكان وأين نحن ولكن استهوتني أجواؤه.

أمضيت الرحلة بمفردي مستمتعة تارة أداعب أمل وتارة اتنزه حتى وقع سمعي على حديث بين الثلاثة أطباء ورمزي كانوا يتبادلون الحديث بالفرنسية والميزة في ذلك ظنهم بجهلي لتلك اللغات فحد معرفتهم أني أجيد الإنجليزية وقليل من الإيطالية من والدتي الحوار...

كان يدور عن التطوير الجيني ونظرية اصطفاء الجينات وأنهم لابد أن يكملوا ما بدأه العالم المجيد نادر علوي وفي ثنايا الحوار اكتشفت أن هذه التجارب تُقام على أحياء أغلبهم مهاجرون أفارقة أخفقوا خلال هجرتهم غير الشرعية وأن تجاربهم هذه أسفرت عن أمراضٍ سرطانية وموتى وهنا كان الهلع الأكبر، مضت الرحلة نقيض ما بدأت ففي كل مرة أكتشف شيئًا يزيد من الأمر خيفة ظلَّ صالح صامت كعادته هل صالح علي علم بما يدور حوله؟، هل هو جزء من هذه العصابة؟

ما من شيء واضح حتى الآن بعد فترة أخذت هاتفي وبرغم عدم وجود شبكة كانت هناك موسيقاي المُفضلة وضعت سماعة الأذن

وفررت ممن حولي حتى صالح أخذ جواده وبات يتجول حول الطبيعة كنت أراقبه مِن بعيد هل المشاعر تخدع؟، هل ما كان بداخلي لديه لَمْ يكن حقيقيًا؟ أم أن افتقاره للمشاعر جعلني أفتقدها حياله كان هناك شيء كبير بداخل قلبي الصغير يجعله يخفق ليس فقط لرؤيته أو سماع صوته ولكن عندما أتذكره

ماذا حدث لتسمح لقلبي بمحو المشاعر التي كان يُكِنُّها لكَ وينبض لشخص آخر شعرت حينها كأني أصرخ في فراغ ويعود إليَّ صدى صوتي يدغدغ الأنين بداخلي بلا جدوى.

مضى يومان على عودتنا من رحلة الصيد و أنا أبحث عن فرصة تتيح لي الدخول إلى حجرة عمي رمزي وفي يوم الثلاثاء بعد مضيهم جميعًا ذهبتُ واثقة أن أجد شيئًا يخرجني مما وقعت فيه تفحصت كل شيءٍ بعمق، حتى ألبوم الصور السابق وجدت أسفل الألبوم من الخلف في الغلاف السميك أوراقًا خاصة بمصحة بقرية بعيدة في أقصى جنوب المدينة حيث يسهل التلاعب بالأوراق.

كانت ثلاث ورقات الأولى بشأن المريضة إلهام سالم الوصف الطبي لحالتها تليُّف في الكبد وقصور في الكلى، الورقة الثانية بتاريخ يلي الأولى بثلاثة أشهر شهادة وفاةٍ للمذكورة عليها ختم رئيس المصحة أما الورقة الثالثة فلمريضةٍ تُدعى جيهان إمام تعاني من نفس المرض و دونت في سجلات المصحة في نفس تاريخ وفاة إلهام، الإجابة كانت هنا أن إلهام سالم هي والدة صالح!

لكن من تكون جيهان إمام بتخمينٍ بسيط مني هي أيضًا والدة صالح أكَّدَ تخميني هذا ورقة سقطت مع صورة من الألبوم مثبت بها دخول جيهان إمام مصحة نفسية بنفس القرية، قمت بتصوير

الأوراق وأبقيت كل شيء كالسابق ولَمْ أدع أثرًا لدخولي الغرفة. ثلاث ساعات مضت على خروجي من تلك الغرفة والارتباك والخوف لا يدعني وشأني. عاد صالح ومن ثم الباقين.

ذهبت مع مخاوفي إلى غرفتي لحق بي صالح، ابتسامة صفراء مرسومة على شفتيه، سألني عن أمل بعدما تأكد من نومها ضمني إليه، ولكني خرجت من بين ذراعيه متسائلة:

- هل من الممكن أن ننفصل؟

علامة استفهام وتعجب شديد على وجهه ثم تركني وذهب لينام ولكني أيقظته:

- صالح هذه ليست مزحة حقًا، أنا أريد الانفصال

بعجرفة وحِدَّة:

- ولماذا تريدين الانفصال؟
- الإجابة بسيطة قسوتك وعدم الانسجام بيننا أضف إليك هذه الحياة الروتينية الثملة التي أحياها بمفردي.
- لن ننفصل يا نادية دعي هذا الهراء واهتمي بابنتك

تركني ونام لَمْ أنَمْ حتى الصباح، أما صالح فخلد إلى النوم وكأن شيئًا لَم يكن، قمت من جانبه في السابعة صباحًا تفقدت أمل وجدتها يقظة تدللها مربيتها، ذهبت أعد قهوة رمزي الصباحية، ثم أعطيته إياها كنت مشمئزة منه ما فعله بزوجته أمر مسيء لأبعد حد جلست على كرسي أمام مكتبه والكلمات على وشك الخروج من فمي، سحبها هو مني:

- قولي ماذا تريدين يانادية؟
- عمي رمزي أنت بمثابة والدي، أمي كانت تثق بك وأنا أيضًا، عمي أنا أرغب في الانفصال عن صالح.

أصابته الجملة بالذهول:

- ماذا؟
- أنا أعي ما أقول، طلبت ذلك منه في الأمس ولكنه رفض.
- يجب أن يرفض، أخبريني ما دوافعك لطلبكِ هذا الطلب.
- لن أتحدث كثيرًا، ولكن لا توجد بيننا حياة مستقرة وهو يُنَحيني جانبًا عن كل شيء ويفرض عليَّ الوحدة وأنا لَمْ أعتاد تلك الحياة مِن قبل.
- اذهبي إلى ابنتك وأنا سأهتم بالأمر.

- عمي.
- قلت لكِ اذهبي ولا تتفوهي بهذا مرةً أخرى.

مضت أيام والجميع يتجنب النظر إليَّ والحديث معي، أمضيت تلك الأيام في ترجمة بحث أرسله لي يونس و الاهتمام بابنتي والتفكير في ماذا يدبرون وما عاقبة طلبي منهم هل هو التجاهل فقط أم أن هناك أمرٌ آخر. إن اسم نادر علوي يطرأ على ذهني من حين لآخر من هو؟ قمت بالبحث عنه على الإنترنت...

إنه دكتور وأستاذ في علم الجينات له اكتشافات في هذا المجال موثقة وأجرى تجارب دقيقة في استنساخ الكبد والكلى على الحيوانات ومن بينهما القردة، إن أغرب ما قرأته عنه هو الغموض حيال وفاته فقد مات بمرض فيروسي نادر أصاب قنوات الكلى ، أشار طبيبه المعالج أن هذا الفيروس يحضر معمليًا وطالب بتشريح الجثة للتأكد من ذلك ولكن حفيده من الأم المحامي رمزي البنا رفض ذلك ودعمه قانونيًا

لَمْ تكن المفاجأة في أن رمزي حفيد لنادر من الأم ولكن المفاجأة الحقيقية تكمن في الأطباء الثلاثة فهم حسام عصام نادر علوي، إسلام شاهين نادر علوي، معتز نادر علوي، أسماؤهم مدونة في

المقال من بين الباحثين في علم الجينات، لَم يذكر أمامي أحد من قبل علاقة القرابة بينهم، ولكن باتَ كل شيء مفسَّرٌ بالنسبة لي.

المنزل الجديد (نافذة للحرية)

قاطعتني :

- ما تحكيه جريمة بمعنى الكلمة، اذهبي واخلي فكرك مما يقلقه وسأقبلك بعد يومين

- هل من الممكن أن تزوريني في بيتي الجديد؟

وافقت آنا بعدما أقنعتها ولكن فضولها هو السبب الحقيقي للقبول، قُدتُ السيارة وأنا أمحو صالح من تفكيري سرت بسيارتي على الممر النهري عائدة إلى منزلي مستأنسة بموسيقاي و الطبيعة، استمتعت خلال اليومين بحياتي الجديدة وأنا أفكر بطريقة للتحدث مع يونس بعدما تشاجرنا سويًا طالبة منه ألا نتحدث بسبب أمل، لَم تكن هناك حجة لأحادثه مرة أخري فهو يعلم مشاعري تجاهه.

مضيت الليلة الثانية وأنا أحادثه أخبرته عن ترك أمل لي وشرائي المنزل واستقراري به ولَم أخبره عن ذهابي لآنا تركت ذلك ليكون خاصًا بي، جاء يوم لقاء آنا، التحسن التدريجي أول ما لاحظته عليّ، أبدت إعجابها بالمنزل أخذنا جولة به حتى مكثنا عند بحيرة سمك الزينة.

تمتاز آنا بهدوئها وقدرتها الهائلة على الخوض داخل من يحادثها، وهذا ما تفعله معي أعدت عصير الليمون وأخذت آنا تدخن وتخرج أنفاس تبغها بالهواء ذكرني ذلك بصالح عندما كان جالسًا بحديقة اليقطين يدخن ولهجة شجار بينه وبين والده كنت اتتبعهما من بعيد، بعدها طلب عمي رمزي انضمامي إليهما كانت أول مرة يتحدث معي أحد منذ أسبوع...

أخبرني عمي رمزي بأنه اتفق وصالح على أن نستقر بمنزل خاص لنا وهو المنزل الذي تركته لتوي وأيضًا سمحا لي بالعمل خارج المنزل في مجال الترجمة ولكن شريطة أن أمضي نهاية الأسبوع والعطلات هنا بالقصر كانت الموافقة أمرٌ حتمي بالنسبة لي فقد كنت مجبرة على ذلك فالبيت الجديد بمثابة نافذة للحرية.

أخذنا ثلاثة أيام نتحضر فكان من الصعب على صالح ترك أبيه وأقاربه الثلاث الذين لا يحادثني عنهم أبدًا حتى لَم يخبرني على صلة القرابة بينهم، أول يوم لنا في منزلنا الجديد أمل ومربيتها استقرا في الغرفة اليُمني بعد شرفة كبيرة تتوسط ساحة البيت ذهبا للنوم فقد أجهدا أما صالح فأمسك يدي وذهب بي في ممر بعد حائط رخامي، فتح باب غرفة كانت منعزلة عن باقي المنزل...

لَم يحدثني عن شيء أو أنه سيكون معي أفضل بل ألقى بي فوق السرير وأغلق باب الغرفة، إن صوت أنفاسه أصابني بضجر، هل كان يجد الحنان في ذلك لَم أشفق عليه فمجرد فكرة أنه قد يكون على علم بما يفعله والده مفزعة إلى أقصى مدى.

أمضيت أول يومين في المنزل أكسر روتين حياتي السابقة بالقصر، لَمْ تعد هناك قهوة رمزي ولا رؤية الثلاثة الذين لا أحبذ رؤياهم، في اليوم الثالث راسلت شركة الترجمة التي كنت أراسلها واتفقنا على العمل داخل الشركة.

إن فكرة الخروج في حد ذاتها كانت حلمًا لَم أصدق تحقيقه، قابلت رئيس العمل وذهب بي إلى غرفة مكتب متهيئة لترجمة الأبحاث والكتب والرسائل العلمية أجمل ما بها مكتبة كتب في شتى العلوم والثقافات الطب الهندسة الجغرافيا الأحياء لاسيما الشعر والأدب.

مَرَّ أسبوع من العمل حتى العطلة الأسبوعية وهي موعدنا بالقصر، إن دخولي هذا المكان مرة أخرى مخيف ومفزع ولكنه كان حتميًا عليَّ لأبحث في ثنايا المكان عن أشياء جديدة تفيدني، وكانت هي الفرصة نام الجميع إلا صالح أخذ جواله وخرج، تسللت لمكتب رمزي خفية، كنت على علم بوجود كاميرات بالمكتب قطعت التيار

الكهربائي عنها وأخذت أبحث في حاسوبه، عند فتحي إياه كان لابد من إدخال كلمة مرور، لَمْ تكن اسم صالح ولا إلهام ولكن حروف اسمه هو ونادر علوي.

فتح الحاسوب وقمت بنسخ الهارد ومحيت أثر دخولي، أعدت التيار الكهربائي لكاميرات المراقبة وعدت انتظر صالح بحديقة اليقطين، مداعبةٌ بشعري أيقظتني من شرودي وبتلك النبرة التي اعتادت أذني عليها:

- لماذا لَم تنامي نادية؟
- أنتظر قدومك.

جلس بجانبي ووضع رأسه على كتفي كان لدي شعور بأنه يعاني من فقدان أمه، انتهت العطلة عدت إلى العمل وجمعت كل ما يخص رمزي في حقيبة صغيرة وضعتها في درج مكتبي بالعمل فهو آمن عن منزلي. رسالة بريدية من يونس يريد ترجمة بحث جديد جعلتني أطلب منه أن يأتي لشركة الترجمة ويتعامل معي من خلالها حتى تكون ترجمة الأبحاث مراجعة وأكثر دقة، لَم يرفض ففي اليوم التالي قدم يونس إلى المكتب رحبت به وأخبرته أني التقيته من قبل في مركز الولادة عندما غابت طبيبتي لَم يندهش

وتوالت اللقاءات بيننا فيما بعد، ثمة صداقة سطحية جعلتني أشاركه الفطور ونحن نعمل من ثم تحولت العلاقة بيننا إلى صداقة قوية.

أتى شتاء ٢٠٠٧ وحياتي تتطور رويدًا رويدًا، كنت على يقين أن يوم انفصالي عن صالح وشيك الحدوث بعدما جمعت عدة مستندات من بينها ملفات عن مصحة المنار النفسية بتلك القرية النائية، وأن لنادر علوي أسهم بها ورثها الثلاثة أطباء وأن رئيس المصحة المحلية من أصدقائه، يوجد توقيعه على العديد من الأبحاث التي وجدتها في الهارد الخاص برمزي الأدهى من ذلك أن نادر من مواليد تلك القرية.

الثامن والعشرون من يناير أمل تكبر يوم عن الآخر لقد بلغت ما يقرب من عامين واستطعت السير غير الموثوق منه ففي كل خطوة تتمايل وشيكة الوقوع ولكني كنت فرحة أصبح الفستان يميزها ويعطيها جمالاً.

أخذت قبلة منها تمنحني ثقة وذهبت إلى العمل فقد فتحت مكتبًا خاصًا بي، تزينت كنت على علم بقدوم يونس، ريثما أعد القهوة الخاصة بنا وضعت أمامه ملفات وصور تفحصها، رأيت معالم

الذهول ترتسم في ثوان على وجهه والذعر يشع مِن عينيه مع كل ورقة يتفحصها.

نادية لن أخفي عنك أكثر من ذلك إن لقائي الأول معكِ لَم يكن محض الصدفة فأنا اتفقت مع دكتورة جيلان بأن أتابع حالتكِ في فترة غيابها وما وضعته أمامك من مأثورات فقط لأجذبك فأنا على خلفية بما تحبين، صالح لا يصادق أحدًا...

يّقرب منه مجموعة شباب يتباهى بينهم أنه الأفضل وصدمة عمري هي سرقتكِ مني كنت أراقب تقربك منه وأنا في دهشة كيف كبدتي في تحمله كحبيب، فقلبه لا يعرف غير القسوة، كنت لا أملك أي شيء وقتها لأكون منافسًا له وأملك قلبك وعندما أصبحت على ما أنا عليه فقد مضى الأوان وتزوجتِ به.

صالح كان يسرق كل شيء، حب الأساتذة، سباقات الكرة، أصدقائي، انبهار الجميع حتى أمي وأنتِ، لن أدعكِ له مرة أخرى أنا أريد أن أعيدكِ إلى. وضعت ارتباكي من المفاجأة على جانب فما وصلت إليه كنت أرجوه، سحبت صورة والدة صالح وما جمعته عنها من معلومات ومحنته إياه...

إن والدة صالح على قيد الحياة ولَم تدفن بألمانيا فهي محجوزة بمصحة المنار وهذا ما يثبت كلامي. ولكن هذا كلام يا نادية يجب أن ندعمه بالوثائق وهذا ليس بسهل على الإطلاق فاشتراك أقاربه في ملكية المصحة سيعثر على البحث. سكت لبرهة ثم أضاف، تذكرت يوجد أحد أساتذتي يعمل هناك سنحتاجه إذا وثق بنا وأراد مساعدتنا، دعيني أتردد لزيارته قبل أن أفاتحه في الأمر. رحبت بما قال وأخرجت ما نقلته من الهارد في أقراص مدمجة، إن خوفي مما سأراه داخله جعلني لا أنظر إلا لوثائق وأبحاث معدودة.

إنه صباح الأحد، الثامن والعشرون من مارس ٢٠٠٧، كان صالح يعلم وجودي بمكتب الترجمة تركت رسالة صوتية على الهاتف تفي بانشغالي التام.

ذهبت ويونس قرية خور بعدما وطد علاقته بأستاذه الطبيب منذر عارف الذي ساعدنا في دخول المصحة، تنكرت في شخصية زوجته، استقبلنا منذر بترحيب هيأ لنا المكان ووحدات المراقبة لتحقيق رغبتنا في لقاء المريضة جيهان إمام، باب من الحديد خلفه باب خشبي كانت تعيش جيهان في غرفة صغيرة بحمام لها شباك يسار السرير وأريكة صغيره تحته.

ملامح الكبر مرسومة على وجهها وبقايا التبغ في مطفأة صغيرة على طاولة يمين سريرها. مَن تكونا بصوتٍ يملؤه الخوف حدثتنا، صورة صالح وهي تضمه ما رسم الابتسامة على وجهها:

- أنا نادية زوجة ابنك عمتي إلهام

نظرت نظرة حانية قائلة:

- أول مرة أسمع اسمي الحقيقي منذ أعوام. هل صالح على علم بوجودك هنا؟ ابني كان صغيرًا ثماني أعوام فقط ليتني لَم أعبث معهم.

- ماذا فعلتِ تساءل يونس.

- أبواب دراكولا ما أتت بي إلى هنا.

- عن أي أبواب تتحدثين عمتي؟

- لن أخبركم أي شيء إلا بعد خروجي من هنا ولا تأتوا إليَّ إلا ومعكم وسيلة للخروج .

فاجأنا ما قالت وهنا تدخل منذر لينهي المقابلة فلابد من إيصال تيار المراقبة مرة أخرى، قاطعتني آنا:

- هل قمتم بتهريبها؟

- سأطهو لكِ وجبة من الروزيتو بالكريمة والدجاج، ما أعددته لعمتي إلهام بالمكان الذي استأجره يونس لتهريبها، محاولات فاشلة في بادئ الأمر اضطر بعدها أن يشارك المعلومات التي لدينا مع الطبيب منذر الذي كان له دور كبير في كشف الكثير من بواطنهم الخفية....

ذعر أصاب من بالقصر بعد معرفتهم بهروبها صالح كان مندهشًا لا يعلم سبب تلك البلبلة، في أول يوم لنا في هذا المنزل صيف عام ٢٠٠٨، اصطحبت معي أمل لتراها جدتها كان الخروج صعب دون مربيتها تساؤلات صالح عديدة ولكن تحججت باحتياجي للتنزه معها على حده شوقه لأمه وما رأيته في عينيه ما جعله يدعنا نخرج...

ركبنا المعدية مِن ثم الصندل الصغير ثم إلى المنزل فتح يونس واستقبلنا، الحالة الصحية لإلهام كانت مزرية خاصة عدم توقفها عن التدخين وهذا ما أفقدها القدرة على مداعبة أمل كما كانت تتمنى...

بعد تناولنا للروزيتو طلبت رؤية ابنها ولكن رفضنا ثلاثتنا هذا فيونس ومنذر صاحا بها طلبك سيهدم كل شيء ويكشفنا وافقتهم الرأي قائلة:

- وسيعثر علينا كشف جرائمهم ومنعها.

قالت بصوت واثق:

- بالعكس إن ما سأخبره به سيجعله يشاركنا بل مفتاح كل شيء معه.

وافقنا ولكن كان ذلك شريطة أن تضمن لي انفصالي منه، مر شهر وأنا أحاول أن أرتب أفكاري كيف سأبدأ الحديث مع صالح وكيف سأقدم له أمه ويونس، أتيحت الفرصة لي عندما طلبي مني أن نذهب وحدنا في ذاك المكان الخاص بالصيد، منذ زمن وأنا لَم أخرج معه على حده.

أخبرت يونس بمكاني وجهزت بنفسي حقيبة صغيرة لمعدات الصيد، مجموعة من الأوراق سأحتاج إليها.

أمسكت بكتفه كنت أري فيه أبي، لَم يكن في قلبي ضغينة تجاهه ولكن حقيقة مشاعري التي فطنت إليها أنه كان يحتل مكان أبي الغائب ولَم أرد قطع صلتي به نهائيًا فهذا سيؤذي مشاعري ولكن أردت أن أضعها في مكانها المناسب فهو ركن كبير من حياتي لا يمكن الاستغناء عنه وليس زوج.

ذهبنا بصورة لَم يراها مَن بالقصر مِن قبل ما يشغلهم كان أكبر من انشغالهم بحالتنا تلك، في مكان أجواء رعاة البقر مكثت وصالح في انسجام مع الطبيعة موسيقي كمان ل سامفيل يرفينيان أضفت سكينة لأعصابي المضطربة، شعوره بالبرد مع غروب الشمس جعله ينام على كتفي

ضممته إلى كان حرمانه من أمه سبب من أسباب قسوته، سحبته إلى الداخل أشعلت مدفأة الفحم وقمت بشوي السمك مع سلطة باذنجان وطحينة.

بعد تناولنا العشاء ربطت على يده، صالح هناك شيء أخفيه عنك اسمعني دون مقاطعة أرجوك، دخلت ذات يوم إلى غرفة عمي رمزي لزيارته فلم أجده، إعجابي بديكور الغرفة ما جعلني أحرك أشياء من مكانها حتى عثرت على خيط خلف مرآة ووجدت ألبوم صور عندما سقط من يدي عثرت على الأربع ورقات تفحصتها وعرفت منها إن والدتك على قيد الحياة.

- ماذا؟!

- لا تتفاجأ إن الذعر القاطن بالقصر حاليًا لهروبها من المصحة، تعرفت على طبيب يعمل هناك وله أسهم صغيرة بها وتلميذه ساعداني على هروبها هي تود رؤيتك.

- ـ هيا بنا سنذهب إليها الآن) كيف سنذهب الآن ألا تعلم أين نحن؟

- سيكون من الصعب علينا السير بأمان في هذه العتمة دعنا حتى الصباح.

لَم ينَمْ ظل ينفس دخان تبغه حتى الصباح، سحبني و مفتاح سيارته إلى خارج المكان قاد سيارته مسرعًا تارة ومُمهِلا أخرى حتى خرجنا إلى الطريق الرئيسي وبعدها توليت القيادة عنه وصلنا المعدية لَم نكمل طرقنا بالصندل بل أخذنا طريقًا حوله بالسيارة.

تسمر صالح أمام المنزل طرقت الباب فتح منذر أخذ صالح يبحث بعينه عن أمه حتى وجدها مستلقية على أريكة تبدو وهنة لأول مرة منذ معرفتي به ينسال الدمع منه دون توقف ركض إليها يقبل جبينها ويدها انهارت هي الأخرى باكية:

- لَم أيأس من رؤيتك يومًا ما حتى لو مضى عمرًا عجزت عن حسابه فقد كنت شابةً بالحادي والعشرين واليوم لَم أعد عمري فالزمن بالنسبة لي هو فراقك والتأمل في المرآة لأجد كَهَّةً مُتهدمة هِردَبَّة الهرم أكل مني و طبعت بوجهي.

نظر صالح إلى حاله وهو يوقف سيل دموعه قائلاً:

- لماذا فعل أبي هذا بك؟

بعد الظهيرة ذهب يونس وعاد بطعام، وافق صالح على تناوله معنا لتتناول أمه دواءها، التفتنا حول المائدة لَم يستسغ طعامه فهو في حيرة وهلع، انتهينا من الطعام ثم ضمت إلهام ابنها على صدرها وباحت إليه بسرها لَم يكن رمزي والدك كنت زوجة لمريض معتم تحت خط الفقر وعند إصابته بفيروس مناعي نصحنا أصحاب الخير بأن نذهب إلى طبيب يدعى نادر علوي يدعم الفقراء ولا يتحمل رؤية مريض يتألم وسطاء الخير ساعدونا وذهبنا إليه كنت لا تزال جنينًا أربعة أشهر في رحمي إلى أن بلغت عامك الأول تحاليل وعقاقير حتى انتهت بوفاة والدك بعدها فوجئت برمزي يطلب الزواج مني وأعطاك لقبه.

إن انتشالي من الضنك والبؤس ما جعلني لا أتساءل، ثري بحجمه يتزوجني أنا ولماذا؟ فالحسناوات كثيرات لَم يرد ذلك عليَّ فكري البتة فالمصير الذي ينتظرنا أنا وإياك كان يصعب تصوره كان يعاملنا بلين كل شيء مسخر لدينا، لَم أتناول موانع للحمل ومضى عام فآخر حتى أيقنت عدم قدرته على الإنجاب لَم أفاتحه في الأمر وتركته لي فما كنت أنعم به يغطي على رغبتي في أي شيء أو

التفكير في أسباب نتائجها في صالح كلانا، إلى أن ظهرت عليَّ أعراض مرض الفشل الكلوي.

احتجزني نادر في مستشفى مدفونة أسفل القصر بعد حديقة اليقطين ما عزَّ عليَّ أني لَم أعُد أستطيع رؤيتك و رمزي لا يبالي بما يفعله جده وأقاربه، إن مرض شخص مجهول الهوية أو لا يسأل عليه أحد مقطوع أو مشرد سبيكة ذهب غالية الثمن بالنسبة إليهم، قال علوي أنه سيستنسخ كلى من شخص غير مصاب ويزرعها لي و أن العلم تطور وتمت أبحاث علمية فائقة مذهلة وأن الغرب استنسخوا نعجة بكامل أعضائها فالعلم لَم يصعب شيء مِن الآن.

مكثت في تلك المصحة وأنا لا أدرك الزمن حتى الليل والنهار تحليل وعقاقير وآلام أنابيب تزرع في جسدي سماع صراخ في الخارج وأنا لا أعي شيء، حتى توفي أحدهم أنا أجهله تمامًا أفقت من مخدر وبجواري شاب لا يضاهي العشرين مفتوح البطن هيكلة جسده وكأنه هرب مِن مجاعة نزف بعدها وعجز علوي ومساعديه الثلاثة عن إنقاذه توفي أمام عيني فتذكرت ما قد يكون حل بوالدك، صِحت بهم:

- لا أريد العلاج أريد ابني فقط والخروج مِن هنا.

كلما حاولوا تخديري مجرد أن أفيق يكون إصراري أكثر من السابق حتى وجدت نفسي بمصحة بقرية مجاورة لقريتنا أجهل كل شيء بها بعدها بمصحة أخرى أخرج منها يومًا بالأسبوع لوحدة غسيل الكلى وأعود مرة أخرى أعوامٌ مرت بي حتى لاقيتك مجددًا يا صغيري ولاقيت حفيدتي أيضًا.

لَم يترك صالح عناقها بل كل برهة تقريبًا يقبل جبينها ويدها والأخيرة بدورها شدت على يده قائلة:

- أن رجائي منك يا عمري هو كشف أمرهم و تخليص ضحاياهم والثأر لأبيك ولي عندي لكَ رجاءٌ آخر امرأتك تريد الانفصال عنك نفذ لها رغبتها يا صغيري لا تُكرهها على العيش معك.

نظر إليَّ نظرة غضب كنت أعرفها ولكن وفاة إلهام كانت بمثابة خلاصي فنطقت الشهادة وفارقتنا، كنا جميعًا في حيرة وأسى لقد أحببت تلك المرأة، صالح كفاقد الوعي تسمر مكانه لَم أتمالك منع نفسي من ضمه أما يونس و منذر فكانا في ورطة كيف ستدفن

إلهام وهي في حقيقة الأمر مقيدة في سجلات الوفاة وجيهان هاربة، الأمر كان في غاية التعقيد خالتي آنا.

خرجت آنا مِن صمتها بصوت مذعور:

- كيف عشت في ذلك المحيط وتلك الدوامة المفزعة؟
- تكيفت و ما تكيفت معه خالتي كان سيقضي علي.

طلبت آنا العودة إلى المدينة على أن تكون آخر زيارة لي عندها بعد مضي أسبوعين من الآن فهي تؤكد عدم احتياجي بعد ذلك إلى طبيب نفسي ولكن كانت وصيتها بأن أعيش حياتي القادمة تاركة الماضي خلف أبوابه وما يردني سيأتي لي. كانت جملتها هذه بِشارةً لي فبعد يومين استيقظت على صوت جوالي إنها أمل أجبتُها بشوق ولهفة عاتبتها على عدم ردها على رسائلي، وجدتُها في حاجة إليّ وتشتاق لرؤيتي أغلقت معها وأخذت طريقي إليها تواعدنا بالمنزل الذي تركه والدها لي.

فتحت الباب وجدتها تنتظرني وهي شريدة، ألقيت ما بيدي على مائدة الطعام وبخطوات سريعة سِرت إليها أخذتها مِن يدها وعانقتها بشدة لَمْ أعاتبها على شيء فكل حديثها كان بلهجة ندم فسكنها مع صديقتها لَم يدعمها بالراحة التي كانت تنعمها معي

رغم معاناتها من حالتي أثناء تناولي لمضادات الاكتئاب، بشرتها بتركي لتلك العقاقير أبدت فرحتها ونظرت إلى وجهي فإن حالتي الصحية باتت أفضل من السابق وهذا ما أسعدها. صغيرتي تُعاني العشق وهذا ما جعلها تفتقد ضمتي.

حاولت أن أسترق الكلمات من بين شفتيها ولكنها أبَت إلا أن تحتفظ بما داخلها إلى أن تفيض به في الوقت الملائم لَم يزعجني الأمر فأنا بعمرها عشقت أبيها وهذا الأمر لا يزعجني البتة، بات أمرٌ آخر أصابني بالضجر مرض صالح أخبرتني أمل بمرض أبيها وأنه بحاجتي لَم أتردد في محاكاته فصالح رُكنٌ مِن حياتي لا يمكن الاستغناء عنه أو إهماله.

أجابني بصوتٍ عليل:

- نادية أين أنتِ أنا بحاجة إليكِ؟

أخبرني بوجوده في منزل الصيد تركت أمل وذهبت إليه،نفس الطريق الذي سِرنا به أنا وهو خبأنا جثة أمه في مُبرِّدٍ هناك وجهز دكتور منذر لنا ما نحتاجه من وسائل للاحتفاظ بها فقد ذكر أن الطرق التقليدية للاحتفاظ بالجسم والتي تسمى مادة الفورمالدهايد تجعل الجسم هشًّا ومُتيبسًا، فضلاً عن أنها تُعَقِّد فهم الطريقة التي

يستجيب بها الجسم لجراحة معينة وهذا ما يفعله أطباء التشريح قبل تشريح الجثة أثناء إصدار تقارير الطب الشرعي أما المواد التي مُنِحنا إياها كانت تعتمد على التكنولوجيا أكثر من المواد الكيميائية وهي تكمن في الاتصال بالشركة المسؤولة عن التقنية والتي يرأسها أحد معارفه...

حيث يتم تبريد الجسم واستبدال الماء الموجود به بسوائل حافظة مانعة للتجمد بحيث يبقى تركيزها داخل وخارج الخلايا ثابتًا وبالتالي تتم المحافظة على الجسم في أفضل حالة ممكنة، ثم تبدأ عملية التبريد باستخدام الثلج وغاز النيتروجين المبرد حتى يصل إلى درجة حرارة تساوي ١٣٠ درجة مئوية، بعدها توضع الجثة في براد عبارة عن اسطوانة تخزينية تعتمد على النيتروجين السائل بدرجة حرارة ١٩٦ ويترك فيها الجسد حتى حين موعد إخراجه...

وهذا ما تم مع والدته بالفعل فمنزل الصيد كان خاص بصالح وهو الذي يهوى الذهاب إليه ولا يذهب أحد منهم إلا بعد إصرار من الأخير فكان مِن المُحال معرفتهم بما يجري هنا خاصة بعد انشغالهم بالبحث عن إلهام وكيف هربت، لَم يُرحِّب صالح بمواجهة

أبيه بالتبني ولكنه طلب مني أن أحضر إليه الهارد الذي كنت أحتفظ به والأقراص المدمجة التي قمت بنسختها منه وبدأ يتفحصها وهو ينظر إلى المبرد الحافظ إلى جثة أمه تارة وإلى حاسوبه تارةً أخرى، قاطعته:

- صالح هل كنت على دراية بما يفعله هؤلاء؟

أجابني بصوتٍ يملؤه الحسرة:

- كنت أساعد رمزي في القضايا التي يرفعها المُهمشين ضد الأطباء وفساد المستشفيات كنت أتلاعب بثغرات القانون وخاصة مصحة المنار والتجاوزات التي بها وبعض المصحات الأخرى والمستشفيات الاستثمارية، قال لي أنه يعدني لمشروع كبير يحتاج إلى مُحام كبير قادر على إخضاع القانون له، لا تستعجبي فأنا كنت مبهور به كأي طفل يرى والده مثله الأعلى إن مرافعات أبي، كانت حقًا تستحق الانحاء له و لعبقريته كنت أعد نفسي لأستحق ما يعده لي وأن أحتل مكانه وأرث كفاءته وعلمه.

أبواب دراكولا

الباب الأول

قرعت الباب وفتح لي صالح وهو بحالة بالغة السوء ينتفض جسده و هناك إحمرار بوجنتيه، أخذته إلى الداخل وضعته على السرير وأخذت أمرضه، بعض الماء الفاتر لَم يُغني عن اتصالي بطبيب يساعدني أتى الطبيب وبعد الكشف قال لابد من إجراء تحليل لأن تلك الحُمى ليست لفيروس الأنفلونزا أو شيء يمكن ان يكتشف دون تحليل دقيق قام بأخذ عينات منه وأمضيت لَيلي دون نوم أتفحصه حتى الصباح وأنا أنتظر النتائج بنفاد صبر.

مضت ساعات الصباح وأنا أُعِد شربة الخضار و السوائل الدافئة وأمنحه إياها دون فائدة فشحوب وجهه مستمر وحرارته تزداد ماذا حلَّ بكَ يا صالح هل سأفقدك أنت الآخر كما فقدت أمي؟

أملي مِن الله أن يشفيك، أن لحظة يأسه واستسلامه أمامي كانت بمثابة قيد لي لا أستطيع الخلاص منه إلا بشفائه، أتت الظهيرة مع

إيميل من الطبيب أرسل لي صورة من التحليل مدون بها إصابة صالح بفيروس ينتمي إلى عائلة إنتيرو الفيروسية المنقولة وغالبًا ما يسبب التهابًا بالدماغ، أن أعراضه مُشابِهةٌ للإنفلونزا فتبدأ بالحُمى والصداع وتشوش التفكير وتؤدي إلى مشاكل في الحواس والحركة ولذلك قرر الطبيب إرسال سيارة الإسعاف لنقله إلى المستشفى.

ذهبتُ معه ولكن الطبيب قرر عزله ومنع عنه الزيارات، وجدتُ طريقي يقودني إلى منزل الصيد مرةً أخرى جلست حيث كان يجلس صالح وهو يتفقد الأقراص المُدمجة على الحاسوب أعددت فنجانًا من الشاي مع القرنفل وفتحت أول مجلد مدون بغرفة واحد (حضانات الكلى) يفتح علوي الباب وأحفاده الاثنين وابنه معه وهم يصطحبون شابًا قصير القامة لَم يتخطى السابعة عشر من عمره ذو ملابس مهلهلة شديد السواد يبدو الإعياء الشديد على جسده النحيل يقوم معتز بتخديره فهو دكتور التخدير الخاص بهم وبدأ نادر علوي باستئصال الكلى اليسرى له وبعد ذلك قام بالاحتفاظ بها وعرض شاشة عرض تبث من خلالها عملية استنساخ لكلى قام بها طبيب ياباني فقد نجحت تلك العملية مِن قبل على يد الدكتور الياباني ماسومي هيراباياشمي التي طبقها على الجرذان فقد حصل

على نواة خلية من جرذان معدلة جينيًا لكي تولد دون عضو الكلى لتبدأ بالانقسام بشكل متكرر مكونة ما يعرف بكيسة أريمية التي تتشكل بعد أيام من التخصيب ثم تحقن بخلايا جذعية من فأر سليم ليس مصاب بالكلى وتزرع له وتنمو الكلى السلمية، ولكن علوي فشل في تطبيقها لقد دخل الغرفة العديد من الذكور المجهولين الهوية وليس موضح كيف عثر عليهم وكل مرة تتوج عملياته بالفشل أنابيب معلقة يخرج منها خراطيم ومواد لأجلها تثير بها معلقة في أكثر من حضانة كلى الشكل العام لعضو الكلى سليم لا أعلم كيف يحتفظ به هل هذه كلى مستنسخة أم أعضاء حقيقية لا أعلم؟

كل ما توصلت إليه أن علوي فشل بزراعة كلى مستنسخة للعديد من المرضى الذين لقوا حتفهم جراء ذلك، إن ملامح الاشمئزاز والنفور كانت واضحة على صالح عندما كان يتفقد هو الآخر تلك الأقراص أمرني بأن أعود لابنتي وظل هو منفردًا يتفقد ما خلف تلك الأبواب إن ما رأيته خلف باب واحد منها كان يكفي بإعدامهم جميعًا هذا ما جعلني أشك أنهم فعلوا شيئًا بصالح أنهم قاموا بحقنه بذلك الفيروس فهم مهووسون بتلك الأشياء.

تركت الحاسوب آخذة نفسًا عميقًا فتحت الباب وخرجت بمفردي، إن ما يدور حولي بوتقة تيه فرضوها عليّ، سِرت بمحاذاة البيت تجاه الشاطئ ونزلت بملابسي داخل الماء أطهر نفسي أخذت أسبح بعيدًا حتى وجدت البيت لا يرى إلا ظله من بعيد والشمس قررت الرحيل، عدت أدراجي إلى البيت مرة أخرى خلعت ثيابي المبللة وارتديت ثيابًا لصالح كانت معلقة أمامي أشعلت المدفأة وأخذت غطاءً وخلدت إلى النوم أفكر بماذا سيحل بزوجي السابق.

في صباح اليوم التالي أجريت مكالمة للطبيب أطلب منه أن يسمح لي بالزيارة ولكنه أبى ذلك فهذا غير مستحب بتلك الفترة، توقف بي الزمن عندما عاد صالح من هنا بعد يومين لا أدري ماذا فعل خلالهما إلى منزلنا وهو يحمل معه ورقة انفصالنا لَم تتملكني البهجة أو الأسى ولكن كان الشعور عاديًا يَتَّسِم بالفتور بعض الشيء مثل كل شيء بعلاقتنا.

نحيت الذكريات جانبًا وأعددت الفطور مع كوب من الشاي الأخضر وجلست مستأنسة بالطبيعة مع بعض الموسيقى وجال بخيالي لماذا لَم أُزُرْ أبي؟ إن عنوانه مسجل على أظرف الخطابات التي يرسلها، أول شيء سأفعله بعد أن أطمئن على صالح هو الذهاب إليه.

الظلام هو ما دفعني لدخول البيت والجلوس أمام المدفأة مشاهدة أفلام الرعب الخاصة بعلوي وحاشيته.

الباب الثاني

فتحت الحاسوب ونقرت على الملف الثاني غرفة ثانية خلف باب يدخل نادر ليتفقد مريضين مكتوب فوق سرير الأول مريض بحالة خطرة جدًا أما الثاني فمُدَوَّنٌ فوق سريره أنسجة سلمية،حمض أميني جيد، فحصهم وأعطى جرعات مِن الفيتامينات للمرض الثاني وأدوية من خلال المحاليل في وريد المريض الأول.

الدهشة بدأت بعد خروج نادر من الغرفة تحدث الشابان فيما بينهما حيث بدأ الثاني يسأله هل تتحدث لغة الإيبونكس وهي لغة الناس المنحدرين من نسل الأفارقة المستَعبدين خاصة في أفريقيا والكاريبي وشمال أميركا أم الإنجليزية اتفقا على اللغة الإنجليزية للتحدث فيما بينهما حيث أن المريض الأول يجيد استخدامها أما الثاني فيعاني عندما يلفظها فأخبره أن أحدهم عرض عليه مبلغًا من المال في مقابل أن يتبرع لمريض بأحد أعضائه التي يمكنه العيش دونها.

- تركت الدولارات إلى عائلتي وسافرت عن طريق البحر مِن ثَم إلى مستشفى ثُم إلى هنا خمسة وعشرون شهرًا قمت

بحسابهم عن طريق بشارة كل صباح هائل عظيم إنه بصحة طبيعية هائلة ولكني سأموت وأرغب في الخروج من هنا.

أجابه الثاني بصوت يصحبه ألم:

- أنا على عكسك تمامًا لا أريد الخروج من هنا فأنا أعاني من أورام قاموا باستئصالها والطبيب أخبرني أنه يراسل عالِمًا يؤكد له أنه بعد العلاج الإشعاعي يمكنه دعم جهاز المناعة عندي من خلال أحد مكوناته الهامة وهو النخاع العظمي ومكون آخر الطحال على حد سواء.

صاح به:

- هل تصدقهم؟
- أخبرتك أنا هنا منذ خمسة وعشرون شهرًا هل تعلم كم شخصًا مات أمام عيني كان يتأمل الحياة من هذا الطبيب الفاشل مُدَّعي العلم.

نظر رفيقه بذعر حتى جحظت عيناه قائلاً:

- هل تعي ما تقوله؟

- أجل يا صاح فأنا شاهد عيان على ما أخبرتك به، أوافقك على الهروب ولكن حالتي الصحية فائقة السوء قد تعوق ذلك اهرب أنت فأنا لا تمثل الحياة من عدمها شيء لدي.

وبالفعل نهض الشاب وفتح وحدة المكيف الخاصة بالغرفة وصعد من خلالها لنسمع صوت طلقات نار بعد ثلاثة وثلاثين دقيقة من هروبه عادوا به مرة أخرى وهو يفارق الحياة عند صراخ رفيق غرفته تم حقنه وحقن هو الآخر وينتهي الفيديو.

مفاجأة أخرى بالنسبة لي كان عليَّ توقعها إنهم يرتكبون جرائم قتل أيضًا والسؤال الحائر في ذهني حاليًا ماذا كان يود علوي أن يثبت لنفسه؟ هل قدرته على استنساخ الأعضاء وعلاج المرضى من خلالها وإنقاذ المرضى من ملاحقة الموت لهم؟ أم قتلهم وتعذيبهم في مقابل وسام في العلم أو لقب عالم من علماء الطب؟ الرهيب في الأمر كيف أقنع نفسه بذلك أم أنه مختل عقليًا يتبعه مجموعة من نسله مختلون أيضًا.

الباب الثالث

فتحت ملفًا آخر وإذا بغرفة جراحة مجهزة بتقنية متطورة أجهزة لَم أرَها إلا منذ عامين فكيف توصل إليها نادر نحيت الانبهار جانبًا مِن بشاعة المشهد دخل أحدهم يجر سريرًا فوقه الشاب الذي أطلقوا عليه النار وقام معتز بتخديره ثم تدخل إسلام و حسام وجردوه من أعضائه حتى العين وبصيلات الشعر وفي صناديق مجهزة كان يضعها علوي بطريقة تضمن عدم فسادها، من ثم أدخلوا المريض الآخر الذي قام أحدهم بحقنه وفعلوا به نفس الفِعلة.

الباب الرابع

ملف جديد قمت بفتحه والخوف يتملكني و انتفاضة في سائر جسدي ماذا سيفعلون؟ غرفة غريبة حائط على اليمين مزينٌ بالصبار وزهرة سوداء أول مرة أراها بحياتي الحائط مقسم إلى مربعات رخامية مكتوب أعلاها بأسلاك شائكة تالف في مقابلة على اليسار حائط منسوخ من الذي أمامه ولكنه مزين بزهور بيضاء مكتوب أعلاها على لوحة إلكترونية صالح الغرفة كان يملؤها مثل ضباب صغير أدركت أنها مبردة ثم فطنت إلى صدمة أخرى أنهم يتاجرون في الأعضاء البشرية أيضا كل شيء مخيف كيف لأمي أن تعرف شخصًا مثل رمزي هذا؟ هي ما أوقعتني في طريقهم.

كان خلفهم غرف لمرضى يصارعون ألمهم على يقين أن علوي سيبرئها ويضمدها و لكنها كانت تنتهي بوفاتهم لتخزن أعضاءهم في الغرفة الرابعة ويستخدمها أو يتاجر بها ليدخل غيرهم ودواليك، رفض صالح مواجهتهم، سايرهم حتى أخذ أوراقًا تدينهم وتفضحهم وساعده دكتور منذر أيضًا في كشف فساد مصحة المنار النفسية والأخرى العامة بالقرية، جمع صالح كل ما يورطهم ويدينهم فضلا عن تسجيلات الهارد حتى أنه أخذ الهارد نفسه ليست الأسطوانات المنسوخة منه وقدم بلاغًا رسميًا للنائب العام تم القبض عليهم بموجب قرار من النائب العام بشخصه عندما فطن رمزي لقدوم الشرطة قام بتفجير المستثشفى الخفية في حديقة اليقطين عبر مفجر متصل بحاسوب مكتبه، وبقدرته على التلاعب بالقانون برَّأ نفسه من كل شيء فليس هناك ما يدينه ولكن تورط الأطباء الثلاثة لا يمكن أن يتم التلاعب فيه فكل شيء يورطهم إن القضايا المنسوبة إليهم تكفي لإعدامهم أما نادر علوي فتم تشريح جثته وثبت فعلاً أنه تم قتله عن طريق حقنه بفيروس محضر

معمليًا فمن يحضر السُّم لابد أن يتذوقه وهذا ما كان خلف الباب الثامن.

الباب الثامن

إن نادر كان ممولاً من قبل جهة أجنبية تسعى لتجارة الأعضاء البشرية وإجراء تجاربها على أحياء بشرية للتأكد من ضمان نجاحها لَم تتمكن الهيئة الحكومية المختصة من تحديدها بعدما دمر رمزي المكان مزود بأجهزة الاتصال بهم ظل هناك غموض حولهم ولماذا غدروا بمساعدهم؟ علامات استفهام كثيرة لا أستطيع معرفة إجابتها ف رمزي صفَّى ما تبقى من أملاكه عدا مكتب للمحاماة آخر غير الذي كان يديره ومنزل الصيد هذا و منزل صالح الذي انتقلنا إليه لأن تلك الأملاك كان سجلها باسم صالح ولكن كيف تم حقنه لا أعلم مع مرور تلك السنوات ولكن هذا هراء مني فمنظمة كتلك لابد أن تنتقم ممن أفسد عملها بالشرق الأوسط وأفريقيا، آخر ملف قمت بفتحه هو الملف الثامن أفظع باب من أبواب دراكولا...

كان خلفه معمل لتحضير الفيروسات والخطير منها على حد سواء يستخدمونها في التخلص بشكل طبيعي ممن يريدون التخلص منه أو يعيق طريقهم فالفيروسات (الحمات) منها عبارة عن طفيليات إجبارية لا تتكاثر إلا داخل خلايا حية وقد تستخدم أوساطًا غذائية

وعوامل مستمدة من الخلية الحية في تكسير الحامض النووي للفيروس إلى البروتين في أنبوبة اختبار، معلومات طبية كانوا على دراية بكيفية توظيفها لصالحهم ولكن شرهم انقلب عليهم، لَم أستطع النوم حتى الصباح قُدت سيارتي عائدة إلى ابنتي التي تنتظرني وهي قلقة على أبيها عندما دخلت المنزل وجدتها منتظرة على كرسي أبيها المتحرك أخذتها من يدها ودخلت حجرتي احتويتها عند قلبي وانسدلت الدموع من كلانا نظرت إليَّ مندهشة ومتسائلة:

-    هل أنتِ حزينة على وضع أبي يا أمي؟

-    بالفعل يا صغيرتي فأبيكِ شخص بالغ الأهمية في حياتي.

انتفضت من حضني وبصوت لوم شديد اللهجة قالت:

-    كيف و أنت كنت منذ ولادتي على علاقة بشخص آخر؟ أنا أعرف كل شيء.

قاطعتها بصوت هادئ كي أحتوي بلبلتها أني لَم أُقِم علاقة مع أي شخص غير أبيكِ إن كنت مررت بتجربة زواج لا أجد فيها ما أريده من مفهوم العائلة والمودة والاحتواء وقراري أن أجده مع شخص آخر هذا لا يعني أني خائنة أو متهمة أنا لَم أقابل يونس

خارج إطار العمل غير مرتين مرة بمقهى لاتنيا بالحي السادس وكان لقاءً كنت أفر به من التوتر أثناء محاكمة جدك وأقاربه ومرة أخرى بالمنزل الذي هربنا فيه جدتك ولكن المواعدة اقتصرت على التنزه بالصندل والتبضع وطهي الطعام وبعدها انتهت بمشاجرة قررت فيها ألا أراه من أجلك صغيرتي فأنت أهم شخص لدي بالحياة ولن تعلمي قيمتك عندي إلا عندما تتزوجين وتنجبين يا قلبي إن مكالمتك الأخيرة أعادت لي الحياة عن مكالمتي ليونس منذ قريب، اطمئني يا قرة عيني لا يوجد أي شيء بالحياة يجعلني أزعجك أو أسبب لكِ الألم. قبلتني قائلة أحبك أمي هذه الكلمة الأحب إلى قلب من قصائد ومعلقات العشق والهوى.

رسالة من يونس يطلب فيها مواعدتي ولكن ليس لها معنى بداخلي فعندما تفقد الأماني بريقها الخاطف لا يكون هناك جدوى من شيء يفقدنا ما هو أعز فأمنيتي الوحيدة كانت أن أراك بعد فترة طويلة من الشوق فررت منها بعقاقير مضادات الاكتئاب وعندما حانت اللحظة الوشيكة لَم يساعدني الحظ ليس هناك ما يمنعني ولكن خمد بريق التمني رغم عدم تلاشي الأمنية.

لَم أجب على رسالته تركت ما بيني وبينه مفتوح كسجل يدونه القدر، لَم أفقد الأمل في أن يُشفى صالح أخذت أهتم بذلك وأراسل أطباءً من الخارج كانوا يمنحوني الأمل الذي لَم أقطعه مطلقًا، أثناء ذلك تعرفت على الشاب الذي أَحَبَّ ابنتي عشقت دور الحماة التي ستزوج ابنتها بعد عام أو اثنين أقل أو أكثر إن فرحة أمل هي بهجة الحياة التي منحني خالقي إياها جاء موعد لقاء آنا أشبعت فضولها بباقي روايتي وأمدتني بجرعة ثقة أكمل بها طريقي...

فحالتي بالنسبة إليها كانت تستجيب سريعًا للعلاج وشفاؤها لَم يستغرق الكثير من الوقت، أخبرتها عن رغبتي في زيارة أبي وأن هذا أول شيء سأقوم به بعد شفاء صالح، أخذت طريقي إلى منزل ذكرياتي أخذت المعدية وبعدها تركت السيارة وركبت الصندل

غُصت داخل أحلامي التي لَم تتحقق تفقدت المكان ثم جلست بجانب زهور الياسمين أدون آخر مذكراتي في عنوان بوتقة التيه...

توهة يفرضها الواقع علينا فإننا حقًا نملك إرادة فمن أين إذن يأتي العجز ففي بوتقة التيه مَن مِنا مُسَير لماذا نلجأ لدور الراوي إذا كان كل شيء مباح حتى الراوي انعزل عنا وانقطع الإلهام فباتت الروايات مبهمة بأبطال مسوخ ووجوه مشوهة فوقفنا نتأرجح لا انصعنا لواقعنا و لا انصهرنا في روايتنا وتَّوهنا وضعنا وتمكن الراوي منا حتى أصبح جزء كامل من حياتنا بل حياتنا كلها ولكنك أيضاً عاجز، شلت الإرادة!، هل لك بجرة قلم أن تمحو ماضينا أن ترسم البسمة أن تعطينا أبطالنا أم انتهت مداركنا إلى الذهول لتتراقص بنا المواقف ولَم نَعُد نفهم أي غرقة تيه تصنع أي دوامة فِكرٍ تشوش...

أين أنت يا مسخ الرواية لتكسر سطورك وتتركنا إلى واقعنا أو دعنا نلهو بعيدًا عنك فأنت لا تمنح إلا خطوطًا من خيال لا يتحقق تقلب واقعنا بتمرد وتتركنا لنرتطم به بانكسار ودهشة لمن الخيار إذن وأنت تتمكن بمن يقع وييأس وتفر بسخرية وبهوتٍ ونجوى لا تقترب مرة أخرى ودعني لواقعي أقبل أم أبى فحتى الرفض منك

قبـول فالـواقع يُعاش أبدًا وحتمًا، وهذا مـا فعلت أنا نادية رأفت صنعت واقعًا يتجاوب معي بتوفيق من خالقي وتركت باقي روايتي ليدونها القدر.

انتظروا الجزء الثاني

عن المؤلف

شيرين حسين

حاصلة على ليسانس الآداب شعبة الإعلام والاتصال جامعة الإسكندرية.
الوظيفة / أخصائي دراسات عليا بكلية الطب البيطري جامعة دمنهور.
تدربت في مؤسسة الأهرام الصحفية من عام ٢٠٠٥ الي ٢٠٠٧
أذيعت لها ثلاث قصص قصيرة في إذاعة الإسكندرية.
أعمال قصصية في جريدة أمة البحيرة وجريدة البحيرة المحلية.